BIBLIOTHÈQUE
DES ÉCOLES ET DES FAMILLES

LA

TROUVAILLE DE JEANNETTE

PAR

Mᵐᵉ J. COLOMB

PARIS

LIBRAIRIE HACHETTE ET Cⁱᵉ

79, boulevard Saint-Germain, 79

LA

TROUVAILLE DE JEANNETTE

PAR

Mme J. COLOMB

DEUXIÈME ÉDITION

PARIS

LIBRAIRIE HACHETTE ET Cie

79, Boulevard Saint-Germain, 79

1888

ELLE LA MIT DEBOUT SUR UNE CHAISE
ET LA FIT DANSER.

LA
TROUVAILLE DE JEANNETTE

« Jeannette, m'entends-tu ? Je ne sais pas ce que tu as ce matin : tu as l'air d'une ahurie. Je m'en vais ; tu vas te mettre tout de suite à faire le ménage ; tu balayeras bien la chambre, et tu serreras bien la vaisselle que j'ai lavée. Je reviendrai à onze heures pour faire le dîner ; allume-moi le feu pour que je le trouve prêt. Occupe-toi de ton ouvrage, et que je ne te trouve pas à flâner quand je rentrerai, ou à bavarder avec les enfants des voisines. »

Justine, ayant ainsi parlé à sa fille, s'en alla à son ouvrage. Elle faisait des ménages le matin pour ajouter quelque chose à ce que gagnait son mari. Six bouches à nourrir, cela coûte cher, et Jeannette avait trois frères, tous en apprentissage, qui ne gagnaient rien encore et qu'il fallait habiller et nourrir.

Il était bien juste que Jeannette travaillât à la maison, pendant que toute sa famille travaillait au dehors; mais Jeannette qui était fort active à l'ordinaire, n'avait pas le cœur à l'ouvrage ce jour-là; elle avait en tête une idée qui lui donnait l'air d'une ahurie, comme sa mère l'avait remarqué.

Voici ce qui lui était arrivé. La veille, en revenant, à la brune, de faire une commission, elle avait heurté du pied quelque chose qui lui avait fait l'effet d'un paquet d'étoffe. Elle s'était baissée pour le ramasser : c'était une poupée! Jeannette s'en était senti le cœur tout retourné. Il faut savoir que la pauvre Jeannette n'avait jamais eu que de méchantes poupées de chiffons qu'elle se fabriquait elle-même;

et celle-là était sûrement une belle poupée. Jeannette tâtait sa tête froide et polie, une tête de porcelaine, avec de grands yeux et un joli petit nez ; ses cheveux, doux comme de la soie ; et sa robe, une robe à volants ; et ses pieds, chaussés de petites bottines. Oh ! la belle poupée ! Jeannette était folle de joie.

Il commençait à pleuvoir. Jeannette cacha la poupée sous son tablier pour la garantir, et marcha vite pour rattraper le temps qu'elle avait perdu. Quand elle arriva à sa porte, il ne pleuvait plus ; pourtant elle ne retira pas la poupée de dessous son tablier. C'est qu'elle devinait que sa mère allait lui dire : « Où as-tu trouvé cette poupée-là ? Il faudra chercher demain à qui elle est, pour aller la rendre. Donne-la-moi que je la serre en attendant, pour qu'il ne lui arrive pas de mal. » Et Jeannette n'avait pas du tout envie de rendre la poupée.

Jeannette était donc une voleuse ? Pas

précisément ; prendre une poupée à une petite fille ou à un marchand, elle n'aurait jamais fait cela, jamais ! Elle aurait pensé que c'était une vilaine action, une action honteuse. Mais cette poupée-là n'était à personne, puisqu'elle l'avait trouvée abandonnée au milieu de la rue. Une autre personne que Jeannette aurait passé par là, qu'elle n'aurait pas manqué de la prendre : ne valait-il pas mieux que ce fût Jeannette ? Quant à la maîtresse de la poupée, tant pis pour elle : pourquoi n'avait-elle pas d'ordre ? Une fois, Jeannette avait perdu son couteau : son père, sa mère et ses frères lui avaient tous dit, comme s'ils s'étaient entendus entre eux : « C'est bien fait ! pourquoi n'es-tu pas plus soigneuse ? » et on n'avait pas eu pitié d'elle, pas du tout. Pourquoi aurait-elle pitié de la petite fille qui avait perdu sa poupée ?

Il paraîtrait pourtant que Jeannette ne croyait pas beaucoup à ces beaux raisonnements-là ; car elle eut grand soin de cacher la poupée, toute la soirée d'abord, et ensuite toute la nuit, où elle ne dormit guère. Elle l'avait fourrée à côté d'elle dans son lit, et elle la touchait de temps en temps pour être sûre que personne ne l'avait prise.

Le matin en se réveillant, sa première pensée fut pour la poupée ; elle la roula en cachette dans un vieux tablier, et la cacha dans un coin, derrière le baquet (ce n'était pas un jour de savonnage). Enfin, quand elle se trouva seule dans la maison, et qu'elle eut vu sa mère disparaître au bout de la rue, elle jeta son balai de côté, courut à sa cachette et en tira la poupée, qu'elle n'avait pas encore pu bien voir.

La jolie poupée ! Elle avait une petite figure si riante, de si grands yeux, une perruque blonde si douce ; elle était si bien coiffée, avec des nœuds de rubans roses, et sa robe de cachemire rose et son tablier blanc garni de dentelle lui allaient si bien, que Jeannette l'admira comme une petite merveille.

Elle la mit debout sur une chaise et la fit danser en la tenant par les deux mains; elle la mena faire des visites dans tous les coins de la chambre à des dames imaginaires.

Jeannette parlait pour les dames et pour la poupée.

« Bonjour, madame!

— Comment vous portez-vous, madame? Et vos enfants?

— Votre mari a-t-il rapporté de bonnes journées, cette semaine? Le mien s'est laissé emmener par des camarades, et il a dépensé cinq francs au cabaret.

— Ah! que je vous plains, madame! Comment ferez-vous pour payer le boulanger? »

Jeannette, qui entendait tous les jours des conversations de ce genre-là, croyait que c'était ainsi que les dames causaient entre elles, quand elles avaient des robes de cachemire rose et des nœuds de rubans dans les cheveux.

« Ding! ding! ding! » voilà l'horloge de l'église qui sonne : Jeannette s'arrête pour compter les coups.

Dix heures! et elle n'a rien fait! Vite, elle donne quelques coups de balai au milieu de la chambre, dispersant les ordures dans les coins, sous les meubles, n'importe où, pourvu qu'on ne les voie pas. Elle essuie la poussière, c'est-à-dire qu'elle en laisse à peu près autant qu'elle en ôte ; elle cache la poupée, car sa mère n'aurait qu'à arriver ! Elle allume le feu : vilain feu qui ne veut pas prendre ! il le fait exprès, bien sûr ! Enfin, le voilà qui marche, et l'eau qui commence à chauffer. Elle n'est pas encore bien bouillante quand Jeannette y met les choux, mais cela ira tout de même. Encore la vaisselle à serrer, et le ménage aura l'air d'être fait... Onze heures ! Jeannette se dépêche, elle se dépêche tant qu'en portant la soupière elle fait un faux pas... et voilà

la soupière en morceaux. Elle reste là,
consternée. « Eh bien, Jeannette ! dit d'une
voix sévère Justine qui vient d'entrer. » Le
reste de la journée n'est pas gai pour la
malheureuse Jeannette. Sa mère trouve le

JEANNETTE SE DÉPÊCHE.

ménage mal fait ; le diner est en retard
parce que le feu n'a pas été allumé assez
tôt, et la soupe n'est pas assez cuite : tout
cela est de la faute de Jeannette. Son père
n'est pas content : quand on travaille depuis
le matin pour nourrir une petite sotte, ce
serait bien le moins qu'on trouvât de la
soupe mangeable en rentrant diner. Jean-

nette baisse la tête et regarde dans son assiette.

Elle est grondée, mise au pain sec ; mais elle a une consolation : le soir viendra, et la poupée l'attend, bien cachée sous son traversin. Quel plaisir de s'endormir en serrant sur son cœur cette fille à tête de porcelaine !

Ce que c'est pourtant qu'une mauvaise conscience ! Il semble à Jeannette, quand elle est couchée, que la jolie poupée cherche à s'échapper de ses bras ; elle la serre plus fort, et elle croit entendre dans son sommeil une petite voix qui lui dit : « Laisse-moi ! laisse-moi retourner chez ma petite maman ! Elle a tant de chagrin ! »

La petite voix a réveillé Jeannette. Est-ce que vraiment la poupée a parlé ? On sait bien que les poupées ne sont pas vivantes ; celle-ci est toujours aussi muette et aussi immobile. Jeannette se rassure et se rendort.

Mais quelles terribles choses elle voit en

rêve! Une affreuse porte basse, hérissée de grosses têtes de clous : Jeannette sait lire, et elle lit le mot « Prison » écrit au-dessus de cette porte. Prison! Ce sont les voleurs qu'on met en prison ; et les voleurs, ce sont

LE RÊVE DE JEANNETTE.

les gens qui gardent des choses qui ne sont pas à eux... Jeannette se sauve en courant; elle trébuche dans les jambes de deux hommes, et, en se relevant, elle se pique à leurs éperons et s'aperçoit que ce sont des gendarmes. Et les gendarmes, chacun sait

cela, ont pour métier d'arrêter les voleurs.
Jeannette pousse un cri et s'éveille. Il n'y a
point là de gendarmes; Jeannette s'est
piquée à une épingle de la coiffure de la
poupée, qui est toujours là, couchée près
d'elle.

Cette fois Jeannette a bien de la peine à
se rendormir; aussi se sent-elle toute lasse
et toute lourde lorsque sa mère l'appelle,
le matin.

« Allons, Jeannette, dit Justine aussitôt
levée, j'espère qu'aujourd'hui ne va pas
ressembler à hier. Tu as les yeux creux, ce
matin : est-ce que tu es malade? Tu n'as
fait que remuer toute la nuit. Tu dis que
c'étaient des rêves? Bon : alors tu n'es pas
malade, et tu peux travailler. Aide-moi vite
à faire les lits, et tu viendras ensuite avec
moi jusque chez la fruitière; tu rapporteras
les pommes de terre ici et tu les feras cuire
pendant que j'irai au lavoir. Dépêchons-
nous un peu! »

Jeannette ne se le fait pas dire deux fois :

elle se dépêche, elle se dépêche! Elle fait elle-même son lit pour mieux cacher la poupée; puis elle prend le panier aux légumes et suit sa mère, qui se charge d'un gros paquet de linge.

Il y a quelqu'un chez la fruitière, un petit garçon frisé qui a l'air tout triste.

« Qu'y a-t-il pour votre service, mon petit Jean? » lui dit la fruitière avec un air de bonne humeur.

Le petit garçon rougit.

« Madame Dodiau,... s'il vous plaît,.. est-ce que vous pourriez me donner des commissions?... des paniers à porter chez des personnes ? »

La fruitière rit de bon cœur.

« Des commissions à vous, mon petit Jean? des paniers à porter, avec des étages à monter? Vous êtes trop petit, vous ne pourriez pas seulement soulever un de mes paniers.

— Si, si ! je suis très fort, je vous assure, madame Dodiau. Donnez-moi des commissions, je vous en prie! cela me fera tant de plaisir!

— Mais quelle idée avez-vous, mon petit! Pourquoi voulez-vous faire des commissions?

— Parce que... les dames donnent quelquefois des sous... je voudrais gagner de l'argent!

— De l'argent! vous! et pourquoi faire, donc? »

Le petit se mit à pleurer.

« La poupée... vous savez bien, madame Dodiau, la belle poupée..... Il y a si longtemps que nous voulions donner une belle poupée à Louise pour son jour de naissance! Nous avions mis des sous de côté, mes grands frères, papa, maman, ma sœur Jenny... Moi aussi, j'avais deux sous que ma marraine m'avait donnés; enfin il y a eu de quoi acheter une jolie poupée, avec des bas et des bottines comme une dame. Et Jenny l'a montrée à son atelier, et, quand sa maîtresse et les ouvrières ont su que c'était pour le jour de naissance de sa petite sœur malade, elles lui ont donné des morceaux pour lui faire de belles robes. Si vous aviez vu comme la poupée était jolie! Louise était si contente qu'elle en a pleuré en embrassant la poupée et nous. C'était avant-hier; Louise a demandé à sortir dans sa petite voiture, et elle a mis à sa fille une jolie robe rose et un tablier blanc avec de la dentelle.

» Nous avons fait une belle promenade, et il faisait nuit quand nous sommes rentrés. Louise était fatiguée; elle dormait dans sa voiture, et elle aura laissé tomber sa poupée : on ne l'a plus trouvée.

» Louise a un chagrin! Elle fait tout ce qu'elle peut pour ne pas pleurer, et elle nous dit de ne pas nous faire de peine à cause d'elle; mais maman et papa et les autres ont dit qu'ils allaient tâcher d'épargner d'autres sous pour acheter une autre poupée à Louise. Et moi je voudrais aussi gagner des sous, pour qu'elle ait bientôt sa poupée...

Pauvre Louise, qui ne peut pas marcher, elle était si contente d'avoir une belle poupée pour jouer quand elle est toute seule. »

La bonne fruitière était tout attendrie. « C'est bien malheureux, dit-elle ; mais

ELLE AURA LAISSÉ TOMBER SA POUPÉE.

peut-être qu'on la retrouvera, la belle poupée. Votre père est-il allé la demander à la mairie ? C'est là qu'on apporte les objets trouvés ; peut-être que la poupée y est, si elle a été ramassée par quelqu'un d'honnête. Il faudrait n'avoir guère de cœur pour garder le joujou d'une pauvre petite fille sans chercher à le lui rendre. » La bonne madame Dodiau donna au petit Jean deux belles oranges pour lui et Louise, et lui promit de lui faire gagner de l'argent dès qu'elle le pourrait ; mais c'était pour le contenter, car elle savait bien que la maman de Jean ne voudrait pas qu'on envoyât son petit garçon porter des légumes.

Et Jeannette, que pensait-elle pendant ce temps-là ? Si elle était confuse, si elle était repentante, on peut le croire ; mais ce n'est pas tout de se repentir, il faut réparer le mal qu'on a fait ; et la conscience de Jeannette lui criait bien haut : « Rends la poupée ! rends-la vite ! »

Elle n'osait pas : c'est si honteux d'avouer qu'on a été une voleuse pendant un jour et deux nuits ! Elle cherchait comment s'y prendre ; et, pendant ce temps-là, Mme Dodiau expliquait à Justine ce que c'était que les parents du petit garçon. C'étaient des gens très comme il faut, de si braves gens ! pas riches, mais si laborieux, les enfants comme les parents. Ils n'avaient qu'un chagrin, la maladie de la petite Louise, leur seconde fille, qui ne pouvait pas marcher ; et ils l'aimaient et la soi-

PAUVRE LOUISE!

gnaient tous à qui mieux mieux pour lui faire oublier son malheur.

Jeannette s'était écartée et regardait dans la rue, où le petit Jean s'en allait lentement d'un air tout triste. Elle entendait la voix de sa conscience qui lui disait : « Vas-y ! vas-y tout de suite ! Si tu ne rends pas la poupée tout de suite, tu n'auras jamais le courage de la rendre, et tu seras une voleuse toute ta vie ! »

Elle prit son parti tout à coup.

« Jeannette ! où est donc Jeannette ? » dit en regardant autour d'elle Justine, qui avait fini de causer avec la fruitière.

Jeannette n'était plus là. Elle avait couru chercher la poupée ; elle avait rejoint Jean, au moment où il entrait dans sa maison, et lui avait mis la poupée dans les mains.

« Vous l'avez trouvée ? s'écria le petit garçon. Oh ! comme vous êtes gentille ! Venez avec moi la porter à Louise : elle sera si contente ! cela vous fera plaisir de voir sa joie ! »

Jeannette se laissa emmener ; mais on aurait dit que la joie de Louise ne lui faisait pas plaisir, car, en recevant ses remerciements, elle se mit à fondre en larmes. Et puis elle expliqua à Louise étonnée qu'elle avait gardé la poupée comme une voleuse, en la cachant, sans chercher à qui elle était, quoiqu'elle sentît bien qu'elle faisait mal... parce qu'elle n'avait jamais eu de poupée, et que celle-là était si belle !

La bonne Louise ne songea pas à lui en

ELLE L'AIDA A AVOUER SA FAUTE.

vouloir ; elle était trop contente, d'ailleurs, pour garder rancune à celle qui lui rapportait sa poupée. Ce qu'elle remarqua, c'est que cette pauvre petite fille n'avait pas de poupée, et que ce devait être un grand chagrin pour elle.

« Elle n'a pas de poupée, maman ! dit

Louise attendrie. Voudras-tu qu'elle vienne jouer avec la mienne? »

La maman de Louise était bonne; elle reconduisit Jeannette chez ses parents, l'aida à avouer sa faute et obtint son pardon, non sans peine, car son père et sa mère étaient de braves gens, et ils furent désolés de sa vilaine action.

Jeannette est devenue l'amie de Louise, qui lui a appris à lire et à travailler. Maintenant elle est grande; c'est une honnête ouvrière, et jamais, depuis l'histoire de la poupée, elle n'a tenté de s'approprier le bien d'autrui.

LA VICTIME DE RAVAGEOT

Diane était une chienne de chasse, une belle chienne au poil fauve comme la croûte d'un pain bien cuit. Elle avait de longues oreilles, de beaux yeux jaunes sérieux et doux, et un nez noir qui faisait penser à une truffe. Outre sa beauté, qui sautait aux yeux, elle avait toutes sortes de qualités ; elle était obéissante, caressante, fidèle, et n'avait pas sa pareille pour arrêter le gibier ; aussi ses maîtres l'aimaient beaucoup.

Diane avait trois petits enfants, qu'elle élevait avec tout le soin d'une bonne mère. Ils se nommaient Ravageot, Tambour et Trompette, et ils promettaient d'être aussi beaux que leur mère. Pour ce qui est de la bonté, on ne pouvait pas encore savoir ce qu'ils seraient ; les enfants les mieux élevés ne profitent pas toujours des bons conseils qu'on leur donne. Mais Diane ne laissait passer aucune occasion d'enseigner à Tambour, à Ravageot et à Trompette, les différentes vertus que doivent avoir les jeunes chiens de bonne famille.

Elle leur recommandait surtout la charité. « Tous les chiens sont frères, leur disait-elle; ils doivent donc s'aider et se rendre service, comme vous faites entre vous. Il y a dans le monde, que vous connaîtrez plus tard, quand vous serez assez grands pour sortir de cette cour, il y a de pauvres chiens qui n'ont pas de bons maîtres qui leur donnent de bonne pâtée; ils cherchent partout de quoi manger, il jeûnent souvent, et ils sont maigres à faire pitié. Quand vous rencontrerez un de ces malheureux, rappelez-vous qu'il est votre frère, et donnez-lui de ce que vous aurez de bon; c'est votre devoir, et vous aurez pour récompense le plaisir de le voir heureux. »

Tambour, Trompette et Ravageot écoutaient très bien leur mère. Ils avaient toujours plus de nourriture qu'il ne leur en fallait; aussi ne trouvaient-ils pas difficile

UNE BONNE MÈRE DE FAMILLE.

d'en donner à ceux qui n'en avaient pas assez; et Trompette qui avait le cœur sensible et beaucoup d'imagination, parlait de faire des provisions de leurs restes pour le temps où ils sortiraient de la cour et pourraient rencontrer dans le monde des chiens affamés.

En attendant, ils grandissaient tout doucement, et commençaient à trottiner dans la cour sur leurs grosses petites pattes courtes, en agitant leur petit bout de queue. Leur mère ne les y suivait pas toujours, elle était lasse de les avoir nourris et soignés depuis leur naissance, et elle restait souvent dans la niche, d'où elle surveillait leurs jeux. Elle les trouvait tous les trois charmants, bons, jolis, gracieux, aimables, à ne savoir lequel l'emportait sur les autres. En vérité, ils étaient fort gentils, et de bon caractère. Ravageot était le plus fort, et aussi le plus entreprenant ; il sautait d'un bond dans la niche quand les autres avaient encore toutes les peines du monde à s'y hisser ; et il arrivait toujours le premier à la pâtée. Tambour était d'un caractère nn peu endormi ; et Trompette, qui était une petite chienne, était très caressante et très douce. Ils étaient aimables chacun à sa manière.

Un jour, Trompette, Tambour et Ravageot venaient de déjeuner, et ils digéraient au soleil, couchés devant la niche, lorsque tout à coup un petit bruit se fit entendre. « Frrrrou! » et un être inconnu aux trois petits chiens descendit du ciel comme s'il en tombait, et vint se poser sur le rebord du poêlon qui avait contenu leur soupe. Il était tout petit, n'avait que deux pattes longues et minces, son nez était pointu, et les trois frères lui trouvèrent un drôle de poil. De ses petits yeux noirs et brillants, il regarda Tambour, Trompette et Ravageot avec un air hardi qui leur fit presque peur.

« Maman ! » crièrent-ils.

Diane montra aussitôt la tête à l'entrée de la niche.

« Maman ! reprirent-ils, qu'est-ce que c'est que cela ?

— Un oiseau, mes enfants. Il y a beaucoup d'oiseaux différents ; celui-ci s'appelle un moineau.

— Est-ce méchant, un moineau ?

— Oh! non! répondit-elle avec un certain dédain.

— Quel drôle de nez!

— On appelle ce nez-là un bec.

— Ah! et quel drôle de poil!

— Ce n'est pas du poil, ce sont des plumes. Les oiseaux sont habillés de plumes. »

Ayant ainsi parlé, Diane rentra dans sa niche; elle savait bien que les moineaux ne sont pas dangereux pour les petits chiens.

Le moineau, lui, restait perché sur le bord du poêlon; il regardait les petits chiens, et les petits chiens le regardaient. Le vaillant Ravageot, qui n'avait jamais peur de rien, s'était dressé sur ses quatre pattes et lui faisait face. Tambour, qui n'était pas très brave, malgré son nom guerrier, s'était un peu reculé du côté de la niche, pour pouvoir y rentrer plus vite en cas de danger. Trompette ne bougeait pas : sa mère avait dit que les moineaux

LE MOINEAU RESTAIT PERCHÉ SUR LE BORD DU POÊLON.

n'étaient pas méchants, il n'y avait donc pas lieu de s'inquiéter.

Le moineau, au bout d'un instant, prit son parti : il se pencha en avant, et piqua d'un coup de bec dans la pâtée restée dans le poêlon.

« Oh ! dit Ravageot indigné.

— Il mange notre pâtée ! ajouta Tambour.

— Il n'a peut-être rien à manger, dit timidement la bonne Trompette. Vous savez bien que maman dit que nous sommes tous frères...

— Tous les chiens, oui ! mais un moineau ! Maman n'a pas l'air de faire grand cas des moineaux.

— Il faut lui demander s'il a le droit de manger dans notre poêlon. « Maman ! maman ! »

Mais Diane ne répondit pas ; sachant ses enfants en sûreté, elle était allée faire un tour de promenade dans le grand jardin, pour s'étirer les pattes.

Le moineau continuait à manger de grand appétit : la soupe des chiens lui plaisait. Tambour grognait ; Ravageot était exaspéré. Il lui semblait que le moineau les narguait, et tout à coup, s'élançant sur lui, au moment où l'autre, qui faisait le tour du poêlon, lui tournait le dos, il l'abattit d'un coup de sa grosse patte en lui criant : « Voleur ! »

Le moineau tomba et ne se releva pas. C'est bien peu de chose que la vie d'un moineau !

Ravageot, ne le voyant plus bouger, fut très étonné. Il recula, revint, retourna l'oiseau ; ses frères s'approchèrent, et tous les trois examinèrent le moineau mieux qu'ils n'avaient encore pu le faire. Cela les amusait de voir ses plumes, ses ailes, sa queue, son bec dur et pointu. Enfin, ils s'en faisaient un jouet, quand la bonne Diane revint.

Diane était une chienne de chasse ; elle arrêtait fort bien, et n'avait pas grand'pitié du gibier; mais un moineau, ce n'était pas du gibier, et puisque ce n'était bon à rien il ne fallait pas lui faire de mal.

« Méchants! cria-t-elle à ses enfants, vous l'avez tué!

— C'était un voleur! répliqua Tambour.

— Moi, je n'ai rien fait, murmura Trompette.

— J'ai tapé dessus pour le punir, maman, dit Ravageot tout confus; je ne savais pas qu'il serait tué. Il mangeait notre soupe!

— Eh bien! c'est qu'il avait faim! Ravageot, est-ce que je ne t'avais pas dit qu'il faudrait toujours partager ta nourriture avec les malheureux? Tu as donc oublié qu'ils sont nos frères?

— Je croyais que c'était seulement les chiens... Je ne le ferai plus... Réveille le moineau, maman!

— Il ne se réveillera plus, mon petit! il n'ouvrira plus ses ailes pour voler, ni ses yeux pour regarder; il ne chantera plus, il ne sautillera plus. Tu l'as tué d'un coup de patte, mais tu ne peux pas le faire revivre. Rappelle-toi toujours, Ravageot, que le mal est bien vite fait, mais qu'une fois qu'il est fait, on a beau le regretter, on ne peut plus le défaire. »

Trompette, qui avait le cœur sensible, se mit à pousser de gros soupirs; Ravageot et Tambour, désolés et repentants, l'imitèrent. Au milieu de leur chagrin, ils entendirent tout à coup : « Cuic! cuic! cuic! », et, levant la tête, ils aperçurent plusieurs moineaux rangés sur la crête du mur d'en face.

Ces moineaux avaient l'air d'hésiter; l'un d'eux, se décidant enfin, descendit dans la cour. Ravageot se retira dans la niche, et ses frères le suivirent; la vue d'un moineau leur faisait de la peine.

« Cuic! cuic! cuic! » cria celui-ci. Il s'était abattu tout près du moineau mort; il le poussait du bec et de la patte, il le tiraillait, il l'appelait, il sautillait autour de lui ; il appela aussi les autres moineaux, qui le rejoignirent, et tous, réunis autour de la victime de Ravageot, poussèrent des cris de détresse.

« Qu'est-ce qu'ils ont donc, maman? demanda tout bas Trompette à Diane.

— Quand tu seras grand, tu comprendras leur langage, mon enfant. Ce sont les parents du pauvre petit qui est mort, ce sont ses frères et ses sœurs; ils comprennent qu'il est mort, et ils pleurent. Ils lui disent : « Nous t'aimions tant ! qui est-ce qui t'a tué, toi qui ne faisais de mal à personne? Tu étais si gai, si doux, si joyeux, et te voilà étendu mort! Il faut qu'il soit bien méchant, celui qui t'a tué, mon cher petit ! »

Pour le coup, Tambour, Trompette et Ravageot n'y tinrent plus; ils se mirent à pleurer à chaudes larmes et à gémir d'une façon lamentable. Leur mère eut bien de la peine à les consoler. Elle profita de leur chagrin pour leur faire comprendre qu'il ne faut jamais agir sans réflexion, parce qu'on ne peut jamais réparer le mal qu'on a causé dans un moment de vivacité. Elle leur dit aussi qu'on doit se rappeler toujours les fautes qu'on a faites, pour ne pas les recommencer; et que plus on a été méchant, plus on doit devenir bon, afin de pouvoir se pardonner à soi-même.

Il faut croire que Ravageot, Trompette et Tambour ont bien écouté ses leçons, car la cour où ils demeurent est toujours remplie de moineaux, qui n'attendent pas que les petits chiens aient fini de manger pour sauter sur le poêlon : chiens et moineaux mangent ensemble à la gamelle, et sont tous fort bons amis.

FIN

Imprimeries réunies, B, rue Mignon, 2.

BIOGRAPHIES D'HOMMES ILLUSTRES

CHAQUE VOL. : Broché............... 15 c.

Couverture en couleurs. 25 c.

Alexandre le Grand	La Pérouse.
Ampère.	Lavoisier.
Arago.	Livingstone.
Beethoven.	Louvois.
Buffon.	Magellan.
Cavour.	Mahomet.
César (Jules).	Michel-Ange.
Charles XII.	Mirabeau.
Christophe Colomb.	Montyon.
Cook.	Mozart.
Cuvier.	Napoléon Ier.
Dante.	Necker.
Daubenton.	Oberlin.
De l'Orme (Philib.).	Palissy (Bernard).
Desaix.	Papin.
Franklin.	Philippe de Girard.
Galilée.	Puget (Pierre).
Gama (Vasco de).	Serres (Olivier de).
Gœthe.	Solon.
Goujon (Jean).	Stephenson.
Gutenberg.	Washington.
Kléber.	Watt.
La Fontaine.	

Imp. réunies, B